HYMNES ET CANTIQUES

pour

LES ASSEMBLÉES MUTUELLES, LE CULTE
ET L'ÉDIFICATION PARTICULIÈRE

des

FRÈRES EN JÉSUS-CHRIST.

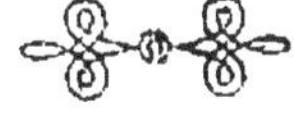

ORTHEZ,

DE L'IMPRIMERIE DE GOUDE-DUMESNIL,

Place St-Pierre.

AVANT-PROPOS.

Chers frères et soeurs en Jésus-Christ,

L'éditeur de ce recueil désire vous dire quelques mots qui pourront vous le rendre plus utile, avec la grâce de Dieu.

D'abord vous le trouverez divisé, comme celui qui vous a précédemment servi, en deux parties générales ; dont la première renferme les chants destinés au culte en commun, et la seconde ceux qui sont plus particulièrement adaptés à l'édification particulière.

On y a aussi observé deux règles posées l'une en 1 Cor. XIV. 15, l'autre en Jaq. V. 13. La première suppose l'*intelligence*, la seconde la *joie*, dans les chants des Cantiques : on ne doit chanter que ce qui est vrai en soi, et lorsque le cœur est heureux et au large. — Ainsi nos Cantiques sont soigneusement purgés de tout ce qui sent le Pharisaïsme, la propre justice, ou une piété d'imagination. Ceux que l'on a pris dans les recueils anciens ont été recorrigés ; et l'on en a ôté toutes les expressions qui ne sont point en harmonie avec la position que, par grâce, l'Église a devant Dieu, et surtout celles qui laisseraient supposer que Christ n'est pas à nous tout entier. Il ne s'y trouve d'autres prières que des vœux naturellement amenés par le sujet principal du Cantique. — Quant aux chants qui renferment des plaintes, ou des gémissements, ou du repentir, on n'en trouvera pas ici de pareils : non pas qu'il soit mal de sentir ses misères et de les exprimer au Seigneur ; mais parce que le Saint-Esprit ne nous enseigne pas à chanter quand nous souffrons, ou que notre cœur est dans la peine.

Le chant est une partie précieuse du culte des saints. Mais comme il est jusqu'à un certain point agréable à la chair, il importe d'en user avec circonspection. Il va sans dire qu'il faut s'en abstenir, si l'Eglise est dans un état d'humiliation : dans le cas contraire, il ne faut pas se précipiter dans l'emploi qu'on en fait. Souvent on en use comme d'une sorte de remplissage entre les lectures, les exhortations et les prières, afin de prévenir ces longs silences occasionnés par l'exiguité des dons : et par là on ne manque pas de nuire à l'action de l'Esprit. Il faut se faire une règle de ne jamais indiquer un cantique avant de sentir en soi un besoin de chanter celui-là, et de bénir Dieu avec les paroles qu'il renferme : et encore faut-il se demander si ce n'est pas le plaisir que sa mélodie nous cause qui nous le fait choisir préférablement à un autre. Pour chanter aussi avec quelque fruit, il sera utile que chaque frère ou sœur apprenne à se familiariser avec le contenu de ce recueil, afin que par ce moyen, le Seigneur puisse lui mettre au cœur les paroles propres à l'édification pour le moment convenable.

Comme l'Esprit du Seigneur, vu le triste état où se trouve l'Église, n'agit maintenant que d'une manière très-faible, il sera bon, en général, de ne pas chanter trop longtemps, de peur que la chair ne s'y mêle.

Respectons le chant comme nous respectons la prière ou la cène. Si l'on ne chante pas par l'Esprit, on fait de la musique et rien de plus.

Une affaire d'ordre et de bienséance, c'est que lors même que l'on possède assez bien les mélodies ou airs des Cantiques, on se laisse conduire par les frères ou sœurs qui ont le plus de dons pour la musique. Comme dans l'Église chacun n'est pas appelé à instruire, bien qu'il puisse avoir de l'instruction pour soi-même, tous ne sont pas propres non plus à diriger le chant. Il est à désirer que chacun contribue pour sa part à l'ordre général, en ce cas-ci comme en d'autres.

Puissions-nous apprendre de Dieu même à chanter de cœur et d'âme ses divines louanges!

PREMIERE PARTIE.

TABLE DES MATIÈRES.

Sujets généraux.

Sujets particuliers.

HYMNES ET CANTIQUES.

1. *Air* 1.

1. Nous t'adorons, ô bon Père, Source de vie
et de lumière, Qui remplis la terre et les Cieux.
Chaque jour tout nous rappelle Ta bonté, ta
grâce éternelle ; Nous louons ton Nom glorieux.
Louange, empire, honneur, Soient à notre Seigneur ! Alléluia ! Gloire cent fois Au Roi
des Rois ! Alléluia (*bis*) !

2. Sur nous a brillé ta face, Et ton Saint-
Esprit, Dieu de grâce, En nous a versé ton
amour. Que ta parole de vie Nous éclaire,
nous sanctifie, Et nous console en ce séjour.
Louange, empire, honneur, etc.

2. *Air* 2.

1. Louons dans un pieux Cantique Le Dieu
de toute grâce et paix. Qui, dans sa bonté

magnifique, Nous a du Ciel ouvert l'accès. D'une faveur si généreuse, Heureux objets, témoins vivants, Que vers lui, de notre âme heureuse, Avec ferveur montent les chants.

2. Oui, nos âmes te magnifient, Dieu fort, mais Dieu de charité. Et nos cœurs en toi se confient Pour le temps et l'éternité. Force et bonté, grâce et puissance, S'unissent en toi pour bénir : Aussi ton peuple en assurance Attend l'éternel avenir.

3. Jésus, c'est ta mort et ta vie Qui nous donnent ce doux espoir. Ton amour ainsi glorifie Son abondance et son pouvoir. Qu'en nous bientôt soit achevée L'œuvre de ta gratuité ; Et qu'au Ciel, l'Eglise enlevée, La célèbre en éternité !

3. *Air* 1.

1. Entonnons un saint Cantique A la gloire du Fils Unique, Fils éternel du Dieu des Cieux.

Dans sa mort, dans sa souffrance,   Nous trouvons tous en abondance   Ce qu'il nous faut pour être heureux.   Béni sois-tu, Seigneur,   Tendre ami du pécheur !   A toi gloire ! Gloire cent fois Au Roi des Rois,   Qui, pour nous, mourut sur la croix !

2. Rempli d'un amour extrême,   Tu voulus te charger toi-même   Du poids de nos transgressions.   Ton auguste sacrifice Nous ouvre un trésor de justice,   De paix et de consolation. Merveilleuse bonté !   Divine charité !   A toi gloire ! etc.

3. Jésus, reçois nos hommages,   Toi qui seras dans tous les âges Le cantique des rachetés. Que, sauvés par tes blessures,   Et guéris par tes meurtrissures,   Nous vivions en ressuscités. Tu t'immolas pour nous ;   Accomplis tout en tous.   A toi gloire ! etc.

4. *Air* 3.

1. Chantons, frères, chantons de notre auguste

Père   La suprême bonté.   Qu'au milieu de ses saints son beau nom sur la terre,   Partout soit exalté.

2. Qui devrait mieux que nous , sa famille adoptive,   Célébrer son amour ?   Quel Ange en peut parler d'une façon plus vive   Dans le sacré séjour ?

3.   Ah ! du beau nom de Fils notre Père n'appelle   Aucun de ces Esprits.   Ils ne furent jamais, d'une mort éternelle   Rachetés à grand prix.

4.   Mais ce nom, ce rachat, sont notre heureux partage,   Á nous, pécheurs élus.   Le Père a mis sur nous le sceau de l'héritage   De son cher Fils Jésus.

5. Célébrons donc celui qui, plus haut que les Anges,   Veut nous placer un jour.   Oui, qu'à toi , Père Saint , soient honneur et louanges , Pour ton immense amour !

5. Air 4.

1. Pour sauver des méchants,   Le Prince de
vie S'abreuva de tourments   Et d'ignominie.
Gloire à toi, Jésus-Christ !   Par ton puissant Esprit,   Possède notre cœur ;   Il est ton salaire :
Tu l'acquis, cher Sauveur,   Sur le mont Calvaire.

2.   Ton douloureux trépas   Expia nos crimes.
Sous nos pieds tu fermas   D'éternels abîmes.
Humble, innocent Agneau,   Meurtri pour ton
troupeau,   Possède, etc.

3.   Oui, pour nous enrichir,   Du ciel de toi-
même,   Tu daignas t'appauvrir,   Toi, le Dieu
suprême !   Sauveur compatissant ,   Que ton
amour est grand !   Possède, etc.

4.   Des biens de ton amour,   Pasteur adorable,   Devant nous, chaque jour,   Tu couvres
ta table.   Toi qui nourris les tiens,   Les gar-
des, les soutiens,   Possède, etc.

5.   Tu veux être à jamais   Notre sûr partage,

Notre bien, notre paix   Et notre héritage.   Suprême et bon Berger,   Qui ne saurais changer,
Possède, etc.

6. Jusqu'en éternité   Nous dirons ta gloire,
Ta grande charité,   Ta sainte victoire.   Ah !
jusqu'à ton retour,   Par ton esprit d'amour,
Possède, etc.

6. *Air 5.*

1. Ta grâce infinie,   O Dieu de bonté !   Vaut mieux que la vie   Pour le racheté.   Enfants de lumière,   Louons chaque jour   Notre tendre Père,   Car il est amour.

2. Ta divine grâce,   Pour nous voyageurs,
Est douce, efficace,   Dans nos faibles cœurs.
Enfants, etc.

3. Ah ! que dans ce monde, Dieu de sainteté ,
En nous elle abonde,   Pour l'éternité. Enfants, etc.

4. O Dieu, magnifie   Jésus notre époux,   Et fais que sa vie   Nous remplisse tous.   Enfants, etc.

7. *Air* 6.

1. Chantons, bénissons Dieu malgré notre misère.   Aux louanges des saints son âme se complait.   Célébrons son amour en traversant la terre,   Et nous réjouissons en ce Sauveur parfait.

2. Chantons, bénissons Dieu, etc.   Car nous sommes lavés par le sang de l'Agneau.   Dont la vertu nous donne, au divin Sanctuaire,   Un libre et sûr accès, par le chemin nouveau.

3. Chantons, etc.   Notre Chef a brisé les liens de la mort :   Ressuscités en lui, par lui notre âme espère   De l'éternel salut atteindre l'heureux port.

4. Chantons, etc.   Pour nous dans les lieux saints le Seigneur s'est assis.   Son glorieux repos, à la droite du Père,   Est la parfaite paix de ses chères brebis.

5. Chantons, etc.   Jésus notre Avocat, prend notre cause en main :   Et de l'accusateur la bouche mensongère,   Dans les célestes lieux contre nous s'ouvre en vain.

6. Chantons, etc.   Car Jésus va venir ; comme lui nous vivrons.   Et par son grand pouvoir, enlevés de la terre,   Glorieux dans le Ciel à jamais nous serons.

7. Nous te célébrons donc malgré notre misère,   Dieu de paix, Dieu d'amour, qu'a saisi notre foi.   Quoique pauvres et vils , ta grâce nous éclaire ;   Et n'ayant rien en nous, nous avons tout en toi.

8. *Air* 3.

1. O Jésus, que ton nom pour une âme fidèle Est grand et précieux !   Quels bienfaits, quel amour, quelle grâce il rappelle   Quel salut glorieux (*bis*) !

2. Toi, fils du Dieu très-haut, toi, bien-aimé

du Père, Toi, la gloire du Ciel ! Tu vins nous apporter du sein de la lumière, Les dons de l'Eternel (*bis*).

3. A nous, pauvres pécheurs, à nous, race coupable Et digne de la mort, Tu vins manifester la faveur ineffable Et la paix du Dieu fort (*bis*).

4. En toi, tu nous revets de ta sainte justice ; En toi, puissant Sauveur, Par ton abaissement et par ton sacrifice, Triomphe notre cœur (*bis*).

5. C'est à toi, notre Epoux, qu'appartiennent nos âmes : Tout en nous est à toi. De l'amour, dans nos cœurs, attise donc les flammes, Faisnous vivre de foi (*bis*).

9. *Air 7.*

1. Gloire à toi, Père Eternel (*bis*), Qui nous prépares, au Ciel, Un trône au-dessus des Anges ! De toi descend le salut (*bis*) ; Qu'à

toi monte un doux tribut   Et d'amour et de louanges.

2.   Gloire à toi, très-saint Agneau (*bis*), Qui, pour sauver ton troupeau,   A la mort livras ton âme.   De l'enfer tu fus vainqueur (*bis*).   O tout puissant Rédempteur,   Ton épouse te réclame.

3.   Alléluia ! gloire à toi (*bis*),   Saint objet de notre foi !   Amen, amen, à toi gloire !   Jusques dans l'éternité (*bis*),   Nous chanterons ta bonté,   Ton grand salut, ta victoire.

10. *Air* 8.

1. Ranimons tous notre zèle   Pour célébrer le Seigneur.   Il est fidèle   En sa faveur :   Et nous appelle   Au vrai bonheur.

2. Que nuit et jour notre hommage   Monte vers toi , Dieu - Sauveur !   Viens , encourage Notre ferveur,   Et nous dégage   De toute erreur.

3. Seigneur Jésus ! ton Eglise   Met en toi seul
son espoir.   Tu l'as acquise   Par ton pouvoir ;
Tiens-la soumise (*bis*)   A son devoir (*bis*).

11. *Air* 9.

1. Nous t'adorons, Jésus ! ô toi dont la clémence   Au sein de notre nuit a fait briller le
jour :   Dans nos cœurs, ton amour   A placé
sans retour,   Ton ineffable paix, don de la grâce
immense (*bis*).

2. De la loi dans ton sang s'éteignit la menace,   Quand sur toi seul tu pris tous nos égare-
ment ;   Et les heureux enfants,   Par la foi tri-
omphants,   Pour leurs nombreux péchés ont ta
lettre de grâce (*bis*).

3. Ta charité, Seigneur ! ta charité nous ouvre   Les secours de l'Esprit, les trésors de ta
paix.   A tes divins bienfaits,   Nous possédons
l'accès ;   Et l'ombre de ta main nous protège
et nous couvre (*bis*).

4. Vers le but, ô Jésus ! conduis-nous sur tes traces :   Fais-nous compter ce temps qui nous fuit sans retour ;   Et qu'un cœur plein d'amour Nous devance au séjour   Où nos noms sont écrits, où tu conquis nos places (*bis*).

12. *Air* 10.

1. Célébrons de Jésus l'amour et la puissance, L'abaissement profond, l'entière obéissance ;   Il vint et triompha de tous nos ennemis,   Il les a, par sa croix, pour toujours asservis.

2. Célébrons la bonté du Prince de la vie ; Pour nous, il a souffert la croix, l'ignominie,   Il nous a par son bras délivrés sans retour,   Nous sommes les objets de son plus tendre amour.

3. Célébrons du Sauveur la parfaite justice, Il a pu de Satan surmonter l'artifice,   Il a vaincu la mort, il est ressuscité ;   Sa gloire est notre part, et pour l'éternité.

4. Célébrons, célébrons la grandeur infinie,

De Celui qui pour nous sacrifia sa vie ! Il vient avec splendeur, et bientôt de nos yeux Nous le contemplerons à la face des cieux.

5. Célébrons, célébrons notre Dieu , notre Père, Célébrons Jésus-Christ, notre Ami, notre Frère, Et marchant par l'Esprit, notre Consolateur, Délaissons sans regret un monde séducteur.

13. *Air 11.*

1. Quelle gloire pour nous , pauvres et misérables, De connaître Jésus et ses soins charitables ; Dans sa grâce il nous prit, nous les plus grands pécheurs, Pour consacrer à Dieu de vrais adorateurs.

2. Le Dieu saint a trouvé la vérité, la vie, Dans le dernier Adam, qui seul le glorifie : Il est son bien-aimé, l'objet de ses désirs, Qui dans sa loi parfaite a mis tous ses plaisirs.

3. O Dieu ! tu l'as donné, dans ton amour

immense,   Ayant tout accompli pour notre délivrance ;   Tu l'as fait notre paix et notre sainteté,   Et nous avons la vie et l'immortalité.

4. Dès les temps éternels, ô mystère insondable ! Tu nous avais élus, dans ta grâce ineffable ;   Et maintenant, ô Dieu, ton Esprit chaque
jour,   Révèle en nous ton Fils et ton cœur plein
d'amour.

14. *Air* 12.

1. Ta grâce atteint, ô Seigneur ! jusqu'aux
cieux ;   Ta vérité s'élève jusqu'aux nues ;   De
tes décrets nos âmes confondues   Méditeront tes
faits mystérieux.

2. Qui parlera de ta gratuité ?...   Ton peuple
en toi fonde son espérance :   En toi, Seigneur,
est sa ferme assurance ;   Tout l'univers est plein
de ta bonté.

3. Rassasiés des biens de ton amour,   Désal-
térés au fleuve de ta grâce,   Nous marcherons

en paix devant ta face,   En te suivant humble-
ment chaque jour.

4. Elle est en toi, la source du bonheur ;   C'est
de toi seul que jaillit la lumière ;   Répands sur
nous tes dons, ô notre Père !   Règle nos pas,
et soumets notre cœur.

15. *Air* 12.

1 Comme un Agneau, tu te laissas meurtrir
Pour nos péchés, toi le Sauveur du monde !   O
tendre amour ! ô bonté sans seconde !   Pour
nous sauver, Jésus ! tu vins mourir.

2 Dans le moment où notre iniquité   Te fit
souffrir les plus cruelles peines,   Ta mort brisa
nos liens et nos chaînes ;   Tu nous acquis grâce
et félicité.

3 Il a jeté nos péchés pour jamais   Dans l'o-
céan de sa miséricorde ;   Jésus nous aime, et
l'Esprit nous accorde   Les avant-goûts de l'é-
ternelle paix.

4 Amen, Seigneur! Amen, puissance, hon-
neur! A toi Jésus! gloire, sagesse, empire!
Puissent nos cœurs, sans se lasser, te dire :
« Béni sois-tu, tendre Ami du pécheur ! »

16. *Air* 13.

1. Saints, approchez, et que dans vos cantiques, Avec amour, l'Agneau soit exalté ! Il
est vainqueur, il est ressuscité ; Mêlons nos
voix aux concerts angéliques, Nous, les objets
de tout l'amour de Christ (bis).

2. Il s'est donné pour nous en sacrifice ; Rien
n'arrêta son amour généreux : Pour nous sauver du séjour ténébreux, Il vint s'offrir aux
coups de la justice, Froissé, maudit ; *tel fut
alors le Christ* (bis).

3 Nous t'adorons, Victime expiatoire, Tu
t'es acquis tous les droits sur nos cœurs ; En
rappelant tes cruelles douleurs, Nous attendons
l'heure de ta victoire, Qui nous verra *comme
Epouse de Christ* (bis).

4. Prenons, chrétiens, à cette sainte Table,
La chair, le sang de l'Agneau mis à mort :   Par
lui, nos cœurs, abrités dans le port,   Goûtent en
paix le bonheur ineffable   Que tu payas *si chè-
rement, ô Christ* (bis) !

17. *Air* 11.

1. Seigneur, c'est à nous seuls, malgré notre
faiblesse,   De dire tes bienfaits, d'exalter ta
tendresse ;   Tu nous as rachetés par ton sang
précieux,   Et nous marchons en paix vers le séjour des cieux.

2. Pour peu de temps encor, voyageurs sur la
terre,   Du monde méprisés, doux Jésus, notre
frère,   Nous soupirons après le bienheureux
moment   Que le Père a fixé pour ton avène-
ment.

3. Par ta grâce enlevés au-dessus des saints Anges,   Nous allons, dans ta gloire, entonner tes
louanges :   Te voir et t'adorer, objet de nôtre
foi,   Après avoir souffert et triomphé par toi.

2

18. *Air* 14.

1. O toi qui vis dans les hauts cieux,   Dieu
rempli de tendresse,   Sur tes enfants, en ces bas
lieux,   Ton doux regard s'abaisse.   Dieu de
gloire et de charité,   Par ton esprit de vérité,
Tu nous conduis sans cesse.

2. Nous connaissons ta douce voix,   Jésus,
berger fidèle ;   Tu nous as acquis, à la croix,
Une vie immortelle.   Seigneur, par ton esprit
d'amour,   Sur nous, tu répands chaque jour
Quelque grâce nouvelle.

3. Dans peu de temps nous te verrons,   Resplendissant de gloire,   Et, dans ton sein, nous
jouirons   Des fruits de ta victoire :   Pendant
toute l'éternité,   Nous célébrerons ta bonté,
Ta mort expiatoire.

19. *Air* 15.

1. Jésus est notre Ami suprême !   Oh ! quel
amour !   Mieux qu'un tendre frère il nous

aime ! Oh ! quel amour ! Ici, famille, amis tout passe ; Le bonheur paraît et s'efface ; Son cœur seul jamais ne se lasse ! Oh ! quel amour !

2. Il est notre vie éternelle ! Oh ! quel a-mour ! Célébrons son œuvre immortelle ! Oh ! quel amour ! Par son sang notre âme est lavée, Au désert il l'avait trouvée, Dans son bercail il l'a sauvée ! Oh ! quel amour !

3. Il s'est offert en sacrifice ! Oh ! quel a-mour ! Nous bénir est tout son délice ! Oh ! quel amour ! Qu'à sa voix notre âme attentive, Toujours en paix, jamais craintive, Près de son cœur doucement vive : Oh ! quel amour !

4. Pardonnés en Christ !.. plus de larmes ! Oh ! quel amour ! De l'ennemi tombent les armes ! Oh ! quel amour ! L'Eglise de biens couronnée, Au Seigneur affectionnée, A sa gloire est prédestinée ! Oh ! quel amour !

20. *Air 7.*

1. O sublime charité !   O profonde humilité !
Jésus descend sur la terre.   Il vient, porte l'in-
terdit,   Et pour nous, en croix maudit,   Consomme le grand mystère.

2. Mais le Christ, fils du Dieu fort,   Pour nos
péchés mis à mort,   Ressuscite avec puissance.
Célébrons, nous, ses élus,   Le triomphe de Jésus,   Chantons notre délivrance.

3. En Jésus, frères ! mourons ;   En Jésus res-
suscitons ;   Chantons avec allégresse   Que Jésus est notre paix ;   Et répétons à jamais :
Gloire, gloire, à Dieu sans cesse !

21. *Air 16.*

1. Enfants du Dieu fidèle,   Ranimons notre
ardeur ;   Et redoublons de zèle   Pour notre
Rédempteur.   Il vint vers nous du ciel ;   Chantons dans nos cantiques   Les bontés magnifiques
De notre Emmanuel.

2. Vous, âmes affligées , Approchez sans effroi : Vous serez soulagées , L'invoquant avec foi. Jésus-Christ, de son bras, Protège ceux qu'il aime ; Son cœur toujours le même, Ne les délaisse pas.

3. Jésus est notre frère : Implorons son secours. Au fort de la misère, Qu'il soit notre recours. Ses charitables soins Défendent notre vie ; Sa puissance infinie Pourvoit à nos besoins.

4. Ce bien-aimé du Père Détourne les fléaux Dont l'ardent Adversaire Menace ses troupeaux. C'est notre protecteur : Qu'à jamais son Eglise, A son amour soumise , Célèbre son honneur !

22. *Air 17.*

1. Notre Seigneur Jésus Ayant, par ses souffrances, Expié nos offenses, Invite ses élus A s'approcher du trône Où son amour leur

donne   Grâce, pardon, secours,   Dans les plus
mauvais jours.

2. Grand sacrificateur,   Pour nous il plaide,
il prie.   Son précieux sang crie   Grâce en notre
faveur.   A nos âmes, sans cesse,   Sa bonté
s'intéresse.   C'est à nous voir heureux   Que
tendent tous ses vœux.

3. Jamais à ce Sauveur,   Plus tendre qu'une
mère,   On ne peint sa misère   Sans émouvoir
son cœur.   Le lumignon qui fume,   Près de
lui se rallume,   Et l'esprit abattu   Reçoit force
et vertu.

4. Fidèle Intercesseur !   Que tu sois au Calvaire   Ou dans le sein du Père,   Rien ne
change ton cœur !   Oh ! que dans leur faiblesse,
Les nôtres soient sans cesse   Appuyés par la foi,
Seigneur Jésus, sur toi !

23. *Air 18.*

1. Pour son église Jésus prie !   Prêtons l'o-

reille à ses soupirs ;   Qu'à sa voix notre âme
attendrie   Réponde par de saints désirs.   Dans
les hauts lieux, brillant de gloire,   Il est entré
victorieux ;   De la victime expiatoire   Il offre
le sang précieux.

2. Oui, pour nos âmes Jésus prie !   Et sa requête nuit et jour,   Descend comme un fleuve
de vie   Où vient s'abreuver notre amour.   Des
rachetés doux privilége !   Il est au ciel un sûr
garant,   Qui pour nous comparaît et siége
A la droite du Dieu vivant.

3. Oui , pour l'Eglise Jésus prie !   Bien-
aimés ! sans crainte approchez.   Le père entend
la voix chérie   De celui qui prit nos péchés
Oh ! quel amour il nous témoigne !   Pour nous
son œil jamais ne dort :   Qu'à sa requête aussi
se joigne   De notre amour le saint transport.

4. Oui, pour l'Eglise Jésus prie !   Satan, le
monde vainement   Contre nous liguent leur
furie ;   Notre Sauveur est tout-puissant.   Du

mépris, de l'ignominie,   Ne craignons pas le
vain assaut ;   Que nous importe !... Jésus prie !
La paix du cœur survient d'en haut.

5. Oui, pour les tiens, Jésus, tu pries !
Qu'il nous est doux de le savoir !   Ainsi, Seigneur ! tu nous convies   A mettre en toi tout
notre espoir.   Sous le parfum de ta prière,
Fais-nous marcher, remplis d'ardeur ;   Pour te
servir, notre âme entière   Regarde à toi, puissant Sauveur.

24. *Air* 19.

1. T'aimer, Jésus ! te connaître,   Se reposer
sur ton sein :   T'avoir pour Epoux, pour Maître,   Et pour breuvage et pour pain ;   Savourer en paix ta grâce ;   De ta mort, puissant
Sauveur !   Goûter la sainte efficace,   Quelle
ineffable douceur !

2. O bonheur inexprimable,   D'avoir Jésus
pour Berger !   Toujours tendre et secourable,

Son cœur ne saurait changer. Dans sa charité suprême, Il descendit ici-bas Chercher ses brebis qu'il aime, Et les prendre dans ses bras.

3. Il donna pour nous sa vie ; Il nous connaît nom par nom ; A sa table il nous convie, Et nous place en sa maison, Il veut de notre faiblesse, De tous nos maux s'enquérir ; Qu'il est bon ! il veut sans cesse Nous pardonner, nous guérir.

25. *Air* 19.

1. Gloire à Jésus dans l'Eglise, Pour son ineffable amour ! Lui-même il se l'est acquise, Elle est à lui sans retour. Dans la maison de son père Bientôt il l'introduira ; Brillante de sa lumière Il la lui présentera.

2. Gloire à Jésus dans l'Eglise ! Plus qu'un moment de douleurs Avant qu'elle soit admise Où ne coulent point de pleurs. Dans ce séjour

de la vie,   En adorant le Très-Haut,   Dans
une joie infinie.   Elle bénira l'Agneau.

3. Gloire à Jésus dans l'Eglise !   Gloire à
l'Ami du pécheur !   A nos maux il sympathise,
Il nous porte sur son cœur.   Le temps fuit, le
jour approche,   Qu'en nous tout montre Jésus ;
Qu'il nous trouve sans reproche,   En annonçant
ses vertus.

26. *Air* 8.

1. Heureux celui qui n'aspire   Qu'à suivre
en paix le Seigneur !   Jésus l'attire   Avec douceur,   Et tout conspire   A son bonheur.

2. Le bon Berger qui l'appelle,   De ses péchés l'affranchit.   Toujours fidèle,   Il l'affer-
mit.   D'un nouveau zèle   Il l'enrichit.

3. Ton bras, Seigneur ! le protége :   Il trouve
en toi son appui.   Satan l'assiège ;   Mais devant lui   Tombe tout piège...   Ta face a lui !

27. *Air* 20.

1. Qui jamais nous condamnera,   Nous, élus
pour la vie ?   Qui même nous accusera,   Nous
que Dieu justifie ?   Christ, notre Frère,   Mort
et ressuscité,   Auprès du Père,   Dans les Cieux
est monté   Pour nous, misérables pécheurs,
Il comparaît lui-même,   Et nous sommes plus
que vainqueurs   En celui qui nous aime.

2. Nous sommes ses fils qu'il chérit.   Son
amour nous réclame ;   Par sa Parole et son Esprit   Il le dit à notre âme.   Douce assurance
D'habiter au Saint lieu !   Chère espérance
Des bien-aimés de Dieu !   Au roi des siècles,
immortel,   Seul grand, seul bon, seul sage,
Soient louange, honneur éternel,   Amour, puissance, hommage !

3. Oh ! quand verrons-nous resplendir   Ce
jour où doit paraître   Celui qui du Ciel va venir,
Notre Epoux, notre Maître ?   Sainte journée !

Terme de nos travaux ! Foi couronnée, Délicieux repos ! Chrétiens , encore un peu de temps, Et le Seigneur de gloire Viendra donner à ses enfants L'éternelle victoire.

28. *Air* 21.

1. Dans les parcs de Jésus paissons en assurance ; Du souverain Pasteur goûtons la grâce immense ; Et savourons les eaux qui coulent nuit et jour Du trône que pour nous éleva son amour.

2. Reposons doucement dans son gras pâturage ; Nous n'avons rien à craindre au plus fort de l'orage ; Jésus nous garantit, Jésus combat pour nous : Demeurons constamment près d'un berger si doux.

3. Pour nous brûle son cœur, ce cœur tendre et fidèle ; Nous sommes ses poussins , qu'il couvre de son aîle ; Notre impuissance enfin fait notre sûreté : Qui ne veut rien sans lui, peut tout en sa bonté.

29. *Air* 14.

1. O Jésus, tout-puissant Sauveur,   Sur le
trône du Père,   Notre âme, heureuse en ta faveur,   Adore, croît, espère.   Bien nombreux
sont nos ennemis ;   Mais, Seigneur, à tes soins
remis,   Pour nous la force opère.

2.   Dans le désert nous te suivons,   Bénis devant ta face ;   De la main nous y recevons
Tous les biens de ta grâce.   Tes enfants, toujours soulagés,   Sont, sous la croix, encouragés
A suivre en tout ta trace.

30. (PROSE) *Air* 23.

1. Viens, viens, viens, tendre Epoux,   Couronner ton œuvre en nous.   Fidéle ami, notre
Berger,   Toi que nous aimons,   Tu es digne de
louanges ;   Dans la paix, nous t'adorons,
Sauveur de nos âmes (*bis*).

2. Viens, viens, viens, tendre Epoux   Couronner ton œuvre en nous.   Jésus, qui seul vain-

quis par ton sang,   Toi, l'Agneau de Dieu,
Qui n'exaltera ta grâce !   Qui ne bénira ton
Nom,   O Sauveur du monde (*bis*).

3. Viens, viens, viens, tendre Epoux,   Couronner ton œuvre en nous.   L'Esprit et l'Epouse
disent : Viens !   Viens, Seigneur Jésus !   Viens
enlever ton Eglise ;   Viens, toi, Bien-aimé de
Dieu,   Sauveur de nos âmes (*bis*).

31. *Air* 22.

1. Ta justice parfaite et pure,   Ton sang,
Jésus ! est la beauté   Et la glorieuse parure
Du pécheur par toi racheté.

2. Objets de ta grande clémence ,   Comblés
des dons de ton amour,   Avec une ferme assurance,   Nous voyons venir ton grand jour.

3. Devant le trône de ton Père   Qui sera
notre accusateur ?   Puisque par le sang du Calvaire   Nous avons acquis ta faveur.

4. Pour nous, élus, nation sainte,   Non, plus

de condamnation, Plus de frayeur , ni plus de crainte ; Dieu nous a donné son pardon.

5. Seigneur Jésus, notre Justice ! Descends des cieux, viens promptement ; Que l'Eglise se réjouisse En toi, son plus bel ornement.

32. *Air 22.*

1. Vers le céleste sanctuaire, En paix nous élevons les yeux ; C'est là qu'est Jésus, notre frère, Notre Rédempteur glorieux.

2. Jadis, méconnaissant sa grâce, Notre cœur était plein d'effroi, Lorsqu'il pensait à la menace Contenue en la sainte loi.

3. Mais, ô Jésus ! quand ta clémence Nous enrichit de ton pardon, Notre cœur eut la jouissance De la paix, ce précieux don.

4. Dès lors, au chemin de la vie, Ton Esprit dirige nos pas ; Et notre âme, en toi réjouie, Seigneur, ne craint plus le trépas.

5. Car si notre tente d'argile,   Dans la poussière doit rentrer,   Nous savons, par ton Évangile,   Qu'un jour tu veux l'en retirer.

6. Alors, Seigneur, comme les Anges,   Revêtus d'immortalité,   Nous célébrerons tes louanges   Pendant toute l'éternité.

33. *Air* 22.

1. Enfants de Dieu, race choisie,   Pour habiter un jour les Cieux,   Devant l'auteur de notre vie,   Entonnons des accents joyeux.

2. De nature enfants de colère,   Mille fois morts par nos péchés,   A la plus affreuse misère Par lui nous sommes arrachés.

3. Rachetés par son Fils Unique,   Pour nous mort et ressuscité,   Son Esprit-Saint nous communique   Tous les dons de sa charité.

4. En Jésus nous l'appelons père ;   Lui nous nomme de chers enfants ;   Et de son amour sur la terre,   Nous éprouvons les soins constants.

5. De cet amour que rien n'énerve,   Rien non
plus ne nous privera.   Aussi des biens qu'il
nous réserve,   Un jour notre âme jouira

6. Un bel et céleste héritage,   Par le sang
de Christ acheté,   Est notre heureux et sûr partage   En entrant dans l'éternité.

7. Gloire à toi pour cette espérance !   O notre
Père, hâte le jour   Où ton cher Fils, avec puissance,   Nous prendra dans le Saint Séjour.

34. *Air* 11.

1. Célébrons par nos chants le Rédempteur du
monde.   Adorons de Jésus la charité profonde ;
Il porta nos péchés sur un infâme bois ,   Et
pour notre salut expira sur la croix.

2. Par sa mort nous avons une vie immortelle.
Son opprobre est le prix d'une joie éternelle.   Il nous fit , par ses maux , bienheureux
à jamais ,   Et sa croix nous obtint le salut de la
paix.

3. Chrétiens ! ne craignons plus ni Satan ni le
monde ;   Jésus en triompha, son pouvoir nous
seconde ;   Son bras nous rend vainqueurs de
tous nos ennemis :   Il les a pour toujours con-
fondus et soumis.

4. Qui nous condamnera, quand Jésus pour
nous plaide ?   Quand pour nous devant Dieu sa
justice intercède ?   Qui pourra nous priver de
l'immortalité ?...   Pour nous Jésus est mort,
pour nous ressuscité

5. Qui nous séparera de Jésus et du Père ?...
Le présent, l'avenir, les grandeurs, la misère,
Les Anges, les Démons, le glaive ou le péril,
La vie ou le trépas, l'indigence ou l'exil ?...

6. Rien, non rien sur la terre, au ciel, dans
l'enfer même,   Ne peut nous séparer de Jésus
qui nous aime ;   C'est pour l'éternité qu'il s'u-
nit à nos cœurs,   Et par lui nous serons toujours plus que vainqueurs.

35. *Air* 2.

1. A la droite de Dieu ton Père, Nous te
voyons, ô Rédempteur, Dans la joie et dans la
lumière, Couronné de gloire et d'honneur.
L'œuvre de grâce est achevée, Et sans tache,
au céleste lieu, Notre nature est élevée Au
dessus des Anges de Dieu.

2. Nous triomphons de ta victoire, O Fils
de Dieu, puissant Sauveur. N'es-tu pas, au sein
de la gloire, Notre chef, notre Précurseur ?
Et nous, ton corps, ta plénitude, N'entrâmes-
nous pas avec toi, Dans la sainte béatitude,
Où te contemple notre foi ?

3. Et ton cœur est en harmonie Avec le nôtre, ô Fils de Dieu. Oui, tu triomphes de la
vie Dont tu jouis dans le saint lieu. De ta
mort sainte et méritoire Tu recueilles l'un des
doux fruits, En voyant, en toi, dans la gloire,
Tous tes bien-aimés introduits.

4. Louange à toi ! Chef de l'Eglise, Puisse

l'Epouse de ton cœur,   Par la foi , se sentir as-
sise   Dans le Ciel où vit son Seigneur.   Oui ,
Jésus , que tes saints t'adorent ,   Criant par
l'Esprit : Viens bientôt !   Qu'ils t'aiment, te ser-
vent , t'honorent   En cherchant les choses d'en
haut.

36. *Air* 30.

1. C'est dans les cieux qu'est Jésus, notre
Frère,   Notre Avocat, notre Chef, notre Epoux,
Le Rédempteur en qui notre âme espère :   Ah !
quel bonheur, quelle gloire pour nous !

2 Il est allé nous y préparer place ;   Et du
céleste et bienheureux séjour,   Il nous conduit par son Esprit de grâce,   Qui nous instruit
à vivre en son amour.

3 Suivons-le tous, animés d'un saint zèle ;
N'arrêtons pas nos cœurs dans ces bas lieux ;
Ce Dieu-Sauveur, lui-même, nous appelle,
Et nos vrais biens sont cachés dans les cieux.

37. *Air 24.*

1. O Dieu ! dont l'amour nous rassemble Dans la fraternelle unité ! Nos bouches célè-brent ensemble Ton éternelle charité. Gloire à ton nom, Céleste Péré ! Gloire à ton amour généreux ! Que tes enfants l'exaltent sur la terre, En attendant ton séjour bienheureux.

2. Oh ! le plus profond des mystères ! Toi, le Dieu fort d'éternité, Tu nous fais être né-cessaires A ta propre félicité ! Gloire à ton nom, etc.

3. Les vœux de ton amour immense N'eûs-sent pas été satisfaits Sans voir au Ciel, en ta présence, Des pécheurs sauvés et parfaits. Gloire à ton nom, etc.

4. Sur nous, vile et coupable race, De tout temps s'arrêta ton choix : Et, par ton Esprit, de ta grâce, En nous a retenti la voix. Gloire à ton nom, etc.

5. Béni soit le grand sacrifice Ordonné par

tes saints décrets,   Pour que ta grâce, avec justice,   Nous tendît une main de paix.   Gloire à
ton nom, etc.

6. Ta paix, tes biens, ton Ciel, ta gloire,
Par Jésus sont notre trésor :   Et bientôt en
criant : Victoire !   Au Ciel nous prendrons
notre essor.   Gloire à ton nom, etc.

7. O Dieu ! Notre âme se prosterne   Devant
ton insondable amour.   Achève ce qui nous
concerne,   Et de Christ hâte le retour.   Gloire
à ton nom, etc.

38. *Air* 26.

1. Oui, nous avons au Ciel un bon et tendre
Père   Duquel l'amour a précédé les temps ;   Le
Dieu fort, Tout-Puissant, en qui notre âme es-
père,   Et qui, d'en haut, protége ses enfants.

2. De son cher Fils en nous il a versé la vie,
Et par son sang nous a donné la paix.   Car il
nous destinait à la gloire infinie,   Dont ce sang
seul donne aux pécheurs l'accès.

3. Sa sagesse, sa grâce et son pouvoir s'unissent   Pour nous conduire aux demeures des
Cieux.   Jamais pour ses élus ses soins ne s'af-
faiblissent :   La nuit, le jour, il les suit de ses
yeux.

4. Aussi notre faiblesse, en ce Dieu qui nous
aime,   Contre tout mal trouve un ferme rem-
part.   En vain sont conjurés le monde et Satan
même   Pour nous ravir notre éternelle part.

5. Tendres compassions, force au jour de l'é-
preuve,   Grâce et pardon, long support, douce
paix,   De son cœur plein d'amour jaillissent
comme un fleuve   Qui ne s'épuise et ne tarit jamais.

6. Pour un si grand amour que te rendre, ô
bon Père ?   Ah ! donne-nous des cœurs obéis-
sants.   Qu'il brille sur nos fronts, le sacré ca-
ractère   Que ton Esprit grave sur tes enfants !

39. *Air* 12.

1. Dans ce bas monde, étrangers, voyageurs,

Nous soupirons, Jésus, de ton absence ; Mais pleins d'espoir que bientôt ta présence Nous tirera de ce vallon de pleurs.

2. Quand viendras-tu, Rédempteur glorieux, Nous apporter le bonheur sans mélange? Quand serons-nous, à la voix de l'Archange, A ta rencontre enlevés dans les Cieux ?

3. Quelles douceurs, dans ton sein fraternel, Inonderont les enfants de lumière, Quand, délivrés de cette chair grossière, Ils te verront, ô Pasteur éternel !

4. Alors enfin, plus que l'astre du jour, Resplendira ton Eglise bénie. Et sa lumière, en durée infinie, Sans fin croîtra comme aussi son amour.

5. Hâte-toi donc, ô Jésus, viens bientôt ! De tes élus, amène tout le reste, Et dans un corps glorieux et céleste, Fais nous entrer aux demeures d'en haut.

40. *Air* 20.

Jésus-Christ nous a rachetés De la mort éternelle ; En lui, déjà ressuscités, Au ciel il nous appelle. Toujours fidèle, Adorable Sauveur, En nous révèle Tout l'amour de ton cœur ; A nos yeux parais en vainqueur Resplendissant de gloire : Nous t'attendons, ô Rédempteur, En chantant ta victoire.

41. *Air* 5.

1. Nos bouches proclament Ton prochain retour, Nos cœurs te réclament, Époux plein d'amour. Prince de la vie, Puissant Rédempteur ! Ton Épouse crie : Viens, viens, cher Sauveur !

2. Bientôt de ta gloire Nous hériterons, Et par ta victoire Nous triompherons. Prince de la vie ! Puissant Rédempteur ! Ton Épouse crie : Viens, viens, cher Sauveur !

42. *Air* 27.

1. Forme nos cœurs, par ton Esprit d'amour,
A désirer ton glorieux retour, Et notre éternelle patrie. O Jésus, Prince de la vie ! Viens
bientôt, Seigneur ! Dans ta puissance et ta
splendeur, Couronner tes saints et de gloire et
d'honneur.

2. Pour les enfants quelle félicité Devant
l'éclat de ta Divinité ! Quelles ineffables délices !... Déjà quelles douces prémices !...
Viens bientôt, Seigneur, etc.

3. Tu l'as promis, oui, de nos propres yeux,
Nous te verrons paraître dans les cieux. Ravis
en ta sainte présence, Transformés à ta res-
semblance. Viens bientôt, Seigneur ! etc.

4. « Viens, Jésus, viens !.. » C'est le cri péné-
trant Que doit pousser ton peuple en t'adorant.
Accents d'amour !... qu'en ton Eglise Le Saint-
Esprit les réalise. Viens bientôt, Seigneur ! etc.

43. *Air* 28.

1. Enfants de Dieu ! ranimons notre espoir ;
La mort n'a plus contre nous de pouvoir, Et
du tombeau, revêtus de lumière, Nous sorti-
rons pour régner sur la terre. Alléluia ! gloire à
Jésus (*bis*) ! L'Enfer et la Mort *sont vaincus*
(3 *fois*).

2. Comme le Christ, des hommes rejeté,
S'assit au Ciel, brillant de majesté, L'Eglise
aussi, du monde méconnue, Bientôt sera de
splendeur revêtue. Alléluia ! etc.

3. Il l'a promis ; oui, Jésus reviendra, Et
notre vie avec lui paraîtra. Rois et vainqueurs,
héritiers de sa gloire, Nous chanterons l'hymne
de la victoire : Alléluia ! gloire à Jésus (*bis*) !
L'Enfer et la Mort *ne sont plus* (*bis*).

44. *Air* 7.

Réjouissons-nous, Chrétiens (*bis*), Jésus,
bientôt dans les Siens, Fera resplendir sa
gloire. Oui, Seigneur, tu vas venir (*bis*). Du

tombeau nous affranchir,   Et consommer ta victoire.

45. *Air* 22.

1. Tirés d'un pays d'esclavage   Où du péché
règne la nuit ,   Vers notre céleste héritage ,
Ton Esprit , ô Dieu , nous conduit.

2. Pleins d'une joyeuse espérance ,   Nous
avançons vers la cité,   Où nous aurons, en per-
manence ,   Paix , gloire , joie et liberté.

3. Là , pour nous, cesseront les larmes ,   La
faim , la soif et les travaux ;   Là nous dépose-
rons nos armes   Pour goûter le plus doux repos.

4. Unis à la troupe immortelle ,   Dans l'a-
mour pur, avec transport,   Nous dirons la gloire
éternelle   De l'Agneau pour nous mis à mort.

5. O saint espoir ! fleuve d'eau vive ,   Qui
raffraîchit le pélerin !   Que dans nos cœurs, Seigneur, il vive   Et s'augmente jusqu'à la fin !

46. *Air* 29.

1.   Voici, je viens bientôt ; attendez ma venue !
Nous dit le Rédempteur dont l'amour nous sau -
va.   Alléluia ! Alléluia (*bis*) !   O Jésus ! viens
bientôt (*ter*) sur l'éclatante nue.

2.   Satan veut nous ravir la couronne de gloi -
re ;   Mais dans l'éternité le combat cessera.
Alléluia ! Alléluia (*bis*) !   O Jésus ! viens bien -
tôt (*ter*) nous donner la victoire.

3.   Notre âme à la douleur est ici-bas en proie,
Mais du ciel à jamais tout ennui s'enfuira.   Al -
léluia ! Alléluia (*bis*) !   O Jésus ! viens bientôt
(*ter*) nous combler de ta joie.

4.   Du monde et de la chair, du cruel Adver -
saire,   De tous nos ennemis, ta main triom -
phera .   Alléluia ! Alléluia (*bis*) !   O Jésus !
viens bientôt (*ter*), en toi notre âme espère.

5.   A ton joug bienheureux rends notre âme
soumise,   Car ton âme, pour nous, à la mort

se livra. Alléluia! Alléluia (*bis*)! O Jésus !
viens bientôt (*ter*) enlever ton Église.

47. *Air* 30.

1. Seigneur Jésus, dont l'amour est extrême,
Toi, la splendeur de la gloire de Dieu, Viens !
viens ! parais dans ta gloire suprême, Nous
t'attendons, tournés vers le saint lieu.

2. Alléluia ! quelle sainte allégresse ! Voici
venir les noces de l'Agneau. A ton banquet
nous chanterons sans cesse, O Bien-aimé, le cantique nouveau.

3. Tu nous sauvas, nous sommes ton ouvrage,
Et dans les cieux nous allons te servir, Te voir,
Jésus, et porter ton image, Et pour toujours
T'adorer, te bénir.

48. *Air* 22.

1. Déjà pour nous a lui l'aurore D'une félicité sans fin : Seigneur ! quelques instants encore, Et nous serons tous dans ton sein.

2. Si le temps fuit et nous entraîne,   Tu nous soutiens, Emmanuel !   Bientôt aura cessé la peine,   Et le repos est dans ton ciel.

3. Oh ! jour heureux ! lorsqu'en ta gloire, Aux yeux des tiens tu paraîtras :   Avec le cri de la victoire,   Nous volerons tous dans tes bras.

49. *Air* 31.

1. L'Eglise est étrangère   Maintenant ici-bas : C'est un temps de misère,   De troubles, de combats.   Mais, de sa main puissante,   Jésus la ravira   Au Ciel où, triomphante, Toujours elle sera.

2. Oui, le repos s'apprête ;   Le combat va finir.   Levons en haut la tête   En voyant l'avenir.   C'est un époux, un frère,   Un Sauveur éternel   Qu'en traversant la terre   Nous attendons du Ciel.

3. Tenons nos lampes prêtes,   Vierges ! préparons-nous   Pour l'heure où les trompettes

Annonceront l'Epoux.   Qu'à répondre on s'em-
presse :   Hosanna ! Hosanna ! Et qu'avec
allégresse   On chante Alléluia !

50. *Air* 17.

1. Gloire à l'Agneau de Dieu ,   Qui , par son
sacrifice ,   Nous donne , avec justice ,   Accès
dans le Saint lieu.   Jésus , prince des Anges ,
Accepte les louanges   De ceux que par la foi
Tu fis un avec toi.

2. Tu dresses devant nous ,   De tant de grâce indignes ,   La table où sont les signes   De
tes biens les plus doux .   Du pain qui vivifie,
Du sang qui justifie .   Tu places en nos mains
Les symboles divins.

3. Nous chantons ton amour ,   Bénissant ta
mémoire ,   En attendant la gloire   Et ton prochain retour.   Qu'elle vienne , cette heure ,
Où , pris dans ta demeure ,   Durant l'éternité ,
Nous dirons ta bonté.

51. *Air* 17.

1. Jésus, devant nos yeux, Place, de sa souffrance, Pour notre délivrance, Un type précieux. De cette table sainte Nourrissons-nous sans crainte : L'amour seul fait les frais De ce festin de paix.

2. Cette coupe et ce pain Que le Christ nous présente, De sa grâce constante Sont le signe certain. Dans leur muet langage Ils disent, D'âge en âge, A chacun des élus : Tes péchés ne sont plus.

3. Le voile est déchiré, Le Ciel, notre héritage : Nous en avons un gage Dans ce repas sacré. Oui, la vie est acquise, Oui, la gloire est conquise Par le sang de l'Agneau, Pour tout son cher troupeau.

4. Chantons, peuple des Cieux, Les divines merveilles, Les vertus sans pareilles De ce sang précieux ; Avec reconnaissance, Donnant gloire et puissance, Tous d'un commun accord, Au Sauveur mis à mort.

52. *Air* 36.

1. Jésus à son festin d'amour   Nous a con-
viés en ce jour ;   Pour nous il a dressé sa table.
Que nos cœurs, pleins de sa bonté,   Exaltent
tous la charité   De ce Rédempteur adorable.

2. A celui qui nous a sauvés,   Et dont le sang
nous a lavés,   Soient empire et magnificence !
Digne est l'Agneau de recevoir   Richesse, honneur, force, pouvoir,   Majesté, sagesse et puissance.

53. *Air* 37.

1. Tu vins, innocent Agneau !   Souffrir une
mort cruelle ;   Mais triomphant du tombeau,
Par ta puissance éternelle,   Tu détruisis tout
l'effort   De l'enfer et de la mort.

2. Tu sieds dans les plus hauts cieux,   A la
droite de ton père ;   Et bientôt dans ces bas
lieux,   Ceint de gloire et de lumière,   Tu vien-

dras avec les Saints   Pour juger tous les hu--
mains.

3. Toi, qui pour nous plein d'amour,   Bus la
coupe des souffrances,   Et nous donnas en retour   La coupe des délivrances,   O Jésus ! sois
exalté   Jusque dans l'éternité.

54. *Air* 32.

1. Que l'unité de tes enfants est belle !   O
Pére Saint, qu'elle plaît à tes yeux !   Oui, te
servir loin d'un monde infidèle,   Est l'avant-
goût du doux repos des cieux.

2. Quand c'est ton cœur, Jésus, qui nous rassemble,   Dans un céleste et mutuel amour,
Oh ! quel bonheur d'adorer tous ensemble,   Et
d'annoncer ta mort et ton retour !

3. Quelle douceur dans ce culte de frères,
Dont ton Esprit est le seul directeur !   Dans ce
concert de vœux et de prières   Par tous offert
d'un accord et d'un cœur !

4. Oui, là, Seigneur ! ta présence se trouve
Pour mettre en paix, en joie, en liberté.   Et
tout fidèle en ressent, en éprouve   Et le pouvoir
et la réalité.

5. Et que sera-ce au jour où, réunie,   Dans
les hauts cieux l'Eglise te verra !   Oh ! quels
transports ! quelle joie infinie !   Quand, dans la
gloire, elle t'adorera.

6. Puissions nous tous, de ce jour d'allégresse,
Dès ici bas goûter les premiers fruits !   Et que
bientôt, pour te louer sans cesse,   Dans les
palais nous soyons introduits.

55. *Air* 19.

1. O toi que notre cœur aime !   Dieu plein
de grâce et d'amour,   Introduits dans le ciel
même,   Nous t'adorons en ce jour.

2. C'est ta famille chérie   Qui se presse au-
tour de toi,   En Jésus tu l'as bénie,   Ah !
garde-la dans la foi.

3. Pour nous pécheurs, quelle gloire, De contempler le Dieu fort ! Et de chanter la victoire De Jésus-Christ mis à mort !

4. Nous sommes sur cette terre Etrangers et voyageurs ; Le séjour de la lumière Peut seul réjouir nos cœurs.

5. Quelle grâce, ô tendre Père, De connaître ton amour, Et, dans ce lieu de misère, De Christ aimer le retour !

6. Il vient, bonheur ineffable ! Chante, Eglise du Seigneur ! Bientôt tu seras semblable A ton puissant Rédempteur.

56. *Air* 2.

1. Encore exilés en la terre, Mais faits par toi, bourgeois des Cieux, Nous venons te rendre, ô bon Père, Le culte qui plaît à tes yeux. Le nom de Jésus nous dévoile L'amour qui pour nous brûle en toi, Et sans crainte, au-delà du voile Nos cœurs pénétrent par la foi.

2. Oh ! quelle bonté, quelle grâce !   Quoi ! nous, misérables humains,   Osons converser face à face   Avec toi-même, ô Saint des Saints ! Mais du bien-aimé la justice   Couvre et cache tous nos forfaits.   A l'ombre de son sacrifice Nous adorons en pleine paix.

3. C'est par lui que nos voix proclament L'excellence de ton beau nom.   C'est par lui que nos cœurs réclament   De ton Esprit un nouveau don ;   Afin que dans ton sanctuaire, Fidèles sacrificateurs,   Nous fassions fumer, ô bon Père,   L'encens des vrais adorateurs.

57.   *Air* 1.

Jésus, Dieu des délivrances !   Qui nous acquis, par tes souffrances,   L'éternelle Rédemption :   Ton Eglise en paix t'adore,   Et d'une même voix implore   Ta sainte bénédiction. O toi qui prends plaisir,   Sans cesse à nous bénir,   Seigneur du ciel,   Emmanuel, Divin Epoux,   Ah ! viens à nous (*bis*) !

58. *Air* 33.

1. Tu nous aimes, Jésus, comme t'aime le
Père,   Et nous as commandé, près de quitter la
terre,   De n'être ensemble qu'un seul cœur.
Tu nous dis qu'à ceci tous pourront reconnaître
Que nous sommes vraiment disciples de ce Maî-
tre,   Qui d'aimer fait tout son bonheur.

2. Oui, Seigneur, il est doux, il est bon pour
des frères,   De t'offrir en commun leurs vœux
et leurs prières,   Et de travailler réunis :   De
s'aider au combat, de partager leurs joies,   Et
de marcher en corps dans ces pénibles voies,
Où tu diriges et bénis.

3. O Jésus, ton amour d'un même amour
nous lie,   Tous membres de ton corps, tous
vivants de ta vie,   Nous fûmes tous sauvés par
toi.   Ah ! que par ces liens ton Esprit nous
saisisse,   Et qu'entre nous, Seigneur, puissam-
ment s'accomplisse   La belle unité de la foi.

59. *Air* 34.

1. Oui, le souverain bien-être, Le vrai bonheur ici bas, C'est d'avoir Jésus pour Maître, De le suivre pas à pas.

2. Avec lui, de l'indigence On oublie les rigueurs. Avec lui, de l'abondance On dédaigne les faveurs.

3. De l'amour dont il nous aime Rien ne peut rompre le cours : Il nous acquit pour lui-même ; Il est à nous pour toujours.

4. Jamais son amour fidèle A nos vœux ne manquera : C'est une flamme immortelle, Qu'aucun fleuve n'éteindra.

5. S'il demande qu'on le serve Sans partage, sans détour, Ah ! c'est qu'il est sans réserve, Sans relâche en son amour.

6. Jésus, combien tu nous aimes ! Oh ! puissions-nous en retour, Quitter et tout et nous-mêmes, Pour être à ton seul amour.

60. *Air* 31.

1. Marcher en ta présence,   Fidèle et doux
Sauveur !   Dans une humble assurance   En
ton bras, en ton cœur ;   Ne chercher qu'à te
plaire   Dans tout ce que l'on fait,   C'est le
ciel sur la terre,   C'est le bonheur parfait.

2. Ainsi, devant ta face,   Nous pouvons chaque jour,   Par ton Esprit de grâce,   Savourer
ton amour.   Toi seul es notre attente,   O notre
Rédempteur !   Et notre âme contente   Trouve
en toi son bonheur.

61. *Air* 34.

1. O toi qui brisas nos chaînes,   Jésus, tout-
puissant Sauveur ,   Par ton pouvoir tu nous
mènes   Au séjour du vrai bonheur.

2. C'est ta grâce salutaire   Qui consomme
tout en tous :   A toi seul donc à tout faire,
O notre chef, notre Epoux.

3. Qu'en nous l'Esprit mortifie   La chair et sa volonté ;   Et que notre âme affranchie,   Par lui marche en liberté.

62. *Air* 35.

1. Le Seigneur nous conduit aux Cieux. Frères, d'un cœur libre et joyeux,   Suivons ce Roi de gloire.   Il a triomphé de la mort :   Il a terrassé l'homme fort :   A nous est la victoire.

2. Le monde, le péché, la chair,   Les hommes, le prince de l'air ,   Nous harcèlent sans cesse.   Mais tous ces puissants ennemis,   Jésus sous nos pieds les a mis,   Par sa ferme promesse.

3. Christ nous fait-il part de sa croix,   Portons-en volontiers le poids ;   Ce Sauveur est fidèle.   Qui pour son nom souffre aujourd'hui,   Est sûr de régner avec lui,   Dans la goire éternelle.

4. Les malices des lieux très-hauts   Nous livrent-elles mille assauts ?   Du Ciel prenons l'ar-

murè : Et dans les plus périlleux jours, Par
Jésus nous aurons toujours Une victoire sûre.

5. De Satan bravons le courroux ; Et de
ceux qui sont contre nous N'ayons aucune
crainte. Jésus prend notre cause en main ; Il
nous a frayé le chemin A la demeure sainte.

6. En Christ nous avons tout pouvoir ; Marchons donc, pleins d'un saint espoir, Dans une
foi constante. Avec travail si nous semons,
Bientôt nous nous reposerons Dans la gloire
excellente.

63. *Air* 38.

1. Jésus ! nous chargeons notre croix, Pour
toi nous laissons toute chose ; Nous n'aimons
suivre que ta voix, Sur toi seul notre cœur repose. Fuyez, désirs ambitieux, Vains soucis,
terrestre espérance. Nous possédons Christ et
les cieux ; Nous avons tout en abondance.

2. Serviteurs d'un Dieu rejeté, Que nous fait
l'abandon du monde ? S'il blâme ou s'il est ir-

rité,   C'est le Seigneur qui seul nous sonde. Puisque ta grâce nous suffit,   Dieu de sagesse et de puissance ?   Qu'importe si l'on nous maudit.   N'es-tu pas notre délivrance ?

3. Venez donc, mépris et douleur,   Va-t'en, mondaine renommée ;   Peine est plaisir, perte est honneur   Dans les rangs de la sainte armée. Sous tes drapeaux, Dieu tout-puissant,   Si quelque orage se déchaîne,   La foudre jamais, en tombant,   Ne brisera que notre chaîne.

4. L'homme veut-il nous affliger ?...   Nous nous retirons sous ton aile,   Attendant, au sein du danger,   Le repos promis au fidèle.   Par ta grâce, ô notre Sauveur,   Rien ne peut nous être funeste,   Et nous dédaignons tout bonheur Qui n'est pas un bonheur céleste.

64. *Air* 3.

1. Tiens-nous près de ton cœur, ô Sauveur de nos âmes !   Garde-nous dans ta paix.   D'une sainte ferveur augmente en nous les flammes ; Conduis-nous à jamais (*bis*).

2. De toi nous approcher est toute notre envie,   O saint Emmanuel !   Ton amour est pour
nous la source de la vie,   Car il est éternel (*bis*).

3. Gloire à toi, Rédempteur ! ta charité fidèle
Ne peut se démentir ;   Tu nous as ¡recueillis à
l'ombre de ton aile,   Pour l'immense avenir
(*bis*)!

65. *Air 22.*

1. Tu nous instruis, tu nous consoles,   Malgré
ton absence, ô Jésus !   Car ton Esprit et tes paroles   Demeurent avec les élus.

2. Ta voix se fait toujours entendre   Dans tes
oracles précieux :   Et ton Esprit, pour les comprendre,   Touche nos cœurs, ouvre nos yeux.

3. De ton grand amour la mémoire   S'éter-
nise ainsi chez les tiens.   Au désert on peut voir
ta gloire,   Et goûter les célestes biens.

4. Oui, cette parole de vie   Est comme une
grappe d'Escol,   Dont la saveur nous fortifie
En foulant un aride sol.

5. Béni sois-tu pour ta parole,   Jésus, par
tous tes bien-aimés !   Puissent-ils être, à son
école,   De gloire en gloire transformés !

6. Mais bientôt son doux ministère   Pour ton
Eglise cessera :   Et face à face, en ta lumière,
Avec toi l'on conversera.

66. *Air* 39.

1. O Jésus *(bis)* !   Toi, Dieu fort, grand Dieu
des dieux !   Toi, dont la gloire suprême   Rem-
plit la terre et les cieux !   L'Église t'adore et
t'aime ;   En ton amour, tu l'acquis   A grand
prix *(bis)*.

2. Sois béni *(bis)*,   Pour le trésor éternel
De ta Parole de vie,   Qui te montre, Emmanuel,   Dans ta tendresse infinie,   Du péché
portant le poids   A la Croix *(bis)*.

3. O Jésus *(bis)* !   Dieu tout bon, Dieu tout-
puissant !   Fais que ta vérité sainte   Soit notre seul aliment ;   Et que nous puissions sans
crainte   Proclamer ton grand amour   Chaque
jour *(bis)*.

DEUXIÈME PARTIE.

---

67. *Air* 40.

1. Trésor incomparable,   Tendre et fidèle
Ami !   Refuge du coupable   Pressé par l'Ennemi !   Soumets à ta puissance   Et mes sens et
mon cœur,   Toi qui, par ta souffrance,   Guéris
seul ma langueur.

2. Délices de ma vie !   Incorruptible pain,
Duquel se rassasie   Mon âme dans sa faim !
Dans ma faiblesse extrême   Ta vertu peut m'aider,   Et dans les tourments même   De douceurs m'inonder.

3. Ah ! montre-moi ta face   Et ton cœur
plein d'amour ! Viens , ô Soleil de grâce !
M'éclairer nuit et jour.   Sans ta douce influence
La vie est une mort :   Jouir de ta présence,
C'est le plus heureux sort.

4. Jésus-Christ, ma richesse, Ma force et
ma douceur! Puisque dans ma détresse, Je
t'ai pour mon Sauveur, Nul choc, nulle misère
Ne peut troubler ma paix, Ni de Jésus, mon
Frère, Me séparer jamais.

5. Au monde périssable Je ne demande rien :
Du Royaume immuable Devenu citoyen,
C'est où Jésus prit place, Que j'ai mes vrais
plaisirs : C'est où l'on voit sa face Que tendent mes désirs.

68. *Air* 40.

1. Jamais Dieu ne délaisse Qui se confie en
lui : Si l'Ennemi m'oppresse, Jésus est mon
appui. Ce Dieu, bon et fidèle, Garde en sa
paix les siens Pour la vie éternelle, Et les
comble de biens.

2. Je veux, sachant qu'il m'aime, M'en re-
mettre à ses soins : Beaucoup mieux que moi-
même, Il connaît mes besoins. Ce Dieu plein
de tendresse Confondrait-il ma foi ? Non.,

plus le mal me presse,   Plus il est près de moi.

3. Monde ! ce qui t'enchante,   Biens, hon -
neurs, volupté,   N'a plus rien qui me tente :
Tout n'est que vanité.   Mon trésor, mon partage,   Mon tout c'est Jésus-Christ,   Qui m'a
donné pour gage   Le sceau de son Esprit.

69. *Air 40.*

1. Non, rien en ma personne   N'est digne
d'être aimé ;   Ce que Jésus me donne   Peut
seul être estimé.   Jésus est ma justice,   Ma
gloire, mon appui :   Il m'aime, il m'est propice,
Et je puis tout en lui.

2. Son Esprit qui réside   Au temple de mon
cœur,   Est mon conseil, mon guide,   Mon
saint Consolateur.   Quand je ne sais que dire,
Il forme mes désirs ;   Il m'instruit, il m'inspire
D'ineffables soupirs.

3. Oui, malgré la tempête,   Jésus, à qui je
suis,   Toujours sous sa houlette   Gardéra sa

brebis. Dussé-je pour mon Maître Perdre tout ici-bas, A lui seul je veux être : Je ne le quitte pas.

4. Si tout change, tout passe, Il est toujours mon Dieu. Ni tourment, ni menace, Ni le fer, ni le feu, La mort la plus cruelle, Ni la soif, ni la faim, Ne pourront, Dieu fidèle ! Me ravir de ta main.

70. *Air* 32.

1. Oh ! qu'il est doux d'aimer Dieu comme un père ! D'aller à lui sans détour, sans frayeur, De parcourir sa terrestre carrière , Toujours conduit par l'Esprit du Seigneur.

2. Oh ! qu'il est doux de trouver à toute heure Un tendre Ami, prêt à vous soulager ! D'être en tout lieu, Jésus, dans ta demeure, Et sur ton sein au plus fort du danger.

3. Oh ! qu'il est doux de penser à ta grâce, Dans ma faiblesse et toutes mes langueurs, Et

de me dire : il s'est mis à ma place   Comme un
Agneau pour porter mes douleurs.

4.   Oh ! qu'il est doux de contempler la gloire,
Seigneur Jésus ! et tous les liens en toi !   D'attendre en paix le jour de la victoire,   Et de ta
main le prix de notre foi.

5.   Oh ! quel moment ! Jésus, devant ton trône...   Quand tous tes Saints alors glorifiés,
Portant chacun l'immortelle couronne,   En t'a-
dorant la mettront à tes pieds !

6.   Dans nos concerts, joints aux concerts des
Anges,   Nous chanterons le cantique nouveau :
Nos harpes d'or, nos voix et nos louanges,
Rendront la gloire et l'honneur à l'Agneau.

71. *Air* 14.

1. Dieu Rédempteur qui m'aimas tant,   Moi
qui n'ai rien d'aimable !   Mon cœur t'adore en
contemplant   Ta grâce inexprimable.   Dieu

d'amour ! qui peut bien chanter, Qui peut di-
gnement raconter   Cette grâce ineffable ?

2. Quel amour que le tien, Seigneur ! Quoi !
tu peux te complaire   En moi, qui ne suis qu'un
pécheur, Un pauvre ver de terre ! Et moi,
coupable et vil mortel, Je puis appeler l'Eternel   Mon Sauveur et mon Frère !

3. Et d'où me vient ce grand honneur, Que
m'accorde le Père ? Ah ! de ta souffrance, ô
Seigneur, Pour moi sur le Calvaire. L'amour
plus puissant que la mort   Sur la croix t'a cloué,
Dieu fort ! Pour finir ma misère.

4. Jésus, t'ai-je aimé le premier Que ton
amour extrême   M'ait choisi pour co-héritier
De ta gloire suprême ? Non, cet amour m'avait
connu, Il m'a cherché, m'a prévenu, Quand
j'étais la mort même.

5. Couronne en moi , Seigneur Jésus, Le
dessein de ta grâce. Que bientôt, avec tes élus,
Au ciel j'aie une place. Oh ! quel moment !

oh ! quel bonheur !   Quand, de mon céleste
vainqueur,   Mes yeux verront la face.

72. *Air* 22.

1. En toi, Jésus, je suis sans crainte,   En toi,
mon Seigneur et mon Dieu.   Puisqu'en ton
sang ma robe est teinte,   J'ai la libre entrée au
saint lieu.

2. En toi, Jésus, je suis tranquille,   Je connais ton cœur tendre et bon.   Ce cœur fidèle
est mon asile   Et ton divin sang ma rançon.

3. En toi, Jésus, je ne redoute   Aucun danger
dans le désert.   Toi-même m'as frayé la route,
Ton amour me tient à couvert.

4. En toi, Jésus, que la mort vienne,   Je
puis l'attendre sans effroi ;   Ma vie est liée à
la tienne,   Et je revivrai comme toi.

5. Quel autre donc pourrait me plaire,   Ou
sur la terre ou dans les Cieux,   Que toi, mon

Sauveur et mon frère,   Mon ami sûr et précieux ?

73. *Air* 32.

1. O mon Jésus, ô Rédempteur aimable !
Seul digne d'être à jamais adoré,   J'ai dans ton
cœur un accès favorable ;   Je t'appartiens, je
te suis consacré.

2. Je viens, Seigneur, célébrer ta puissance,
Ta majesté, ta grandeur, tes bienfaits,   Ton
saint amour, ta grâce et ta clémence,   Ta paix,
Jésus ! ton ineffable paix.

3. O mon Sauveur, ô source intarissable
De tout vrai bien, de douceur, de bonté !   Tu
réunis dans ton Etre adorable   Tous les trésors
de la Divinité.

4. Lorsque tu suis la brebis infidèle,   O bon
Berger, tu ne te lasses pas ;   Quand tu reçois
un fils ingrat, rebelle,   Avec amour tu le
prends dans tes bras.

5. Quand le pécheur, accablé de tristesse,
Vient à tes pieds déposer ses douleurs,   O fils de
Dieu ! dans ta grande tendresse,   Tu le guéris
et fais tarir ses pleurs.

6. O Bien-Aimé, sois béni d'âge en âge !
Que notre cœur, rempli de ton amour,   Puisse,
ô Jésus ! en portant ton image,   Attendre en
paix ton glorieux retour !

74. *Air 32.*

1. O mon Sauveur, ô Charité suprême !   O
bon Berger dont je connais la voix !   Pour tes
brebis, dans ta tendresse extrême,   Tu te laissas attacher à la croix.

2. Suis-je abattu, fatigué, sans courage ?
Je viens à toi déposer ma langueur.   Et me
paissant dans ton gras pâturage,   Je sens bientôt renaître tout mon cœur.

3. Suis-je altéré ? près des ondes courantes
Tu me conduis dans ta fidélité ;   Et je m'a-

breuve à ces eaux jaillissantes,   Dont le trésor
est dans ta charité.

4.   C'est toi, Jésus ! qui restaures mon âme :
A chaque instant j'éprouve ton amour ;   Tu
m'as sauvé de l'éternelle flamme,   Pour m'in-
troduire au céleste séjour.

5.   Ta croix, ta mort, ta justice infinie,   De
ta brebis est la félicité ;   O Rédempteur ! accomplis , magnifie   Ton grand pouvoir dans
mon infirmité.

6.   De ton salut, de ton amour immense,   Je
chanterai la gloire et les bienfaits ;   O mon
Sauveur, ô ma seule espérance !   Viens, Jésus !
viens pour régner à jamais.

75. *Air 32.*

1.   Jésus est seul ma lumière et ma vie :   Qui
peut me nuire, et qu'ai-je à redouter ?   J'ai
pour soutien sa puissance infinie ;   L'homme
mortel peut-il m'épouvanter ?

2. Que tout un camp m'approche et m'envi-
ronne, Mon cœur, pourquoi t'en alarmerais-
tu? Qu'en ce péril tout appui m'abandonne,
J'ai mon Sauveur, sa droite fait vertu.

3. Quand, délaissé par la plus tendre mère,
Je n'aurais plus aucun refuge humain, Le Tout-
Puissant, mon fidèle et bon Père, Pour me sau-
ver me prendrait par la main.

4. Toi donc, mon âme, au fort de la souffrance, Attends de Dieu la grâce et le secours ;
Espère en lui contre toute espérance : Son bras
puissant t'affermira toujours.

5. Jésus, ma paix, mon salut et ma gloire !
Jésus, mon fort, Jésus, chef de ma foi ! Par ton
amour j'obtiendrai la victoire : Je ne crains
rien, Jésus est avec moi.

76. Air 19.

Rien, ô Jésus, que ta grâce, Rien que ton
sang précieux, Qui seul mes péchés efface,
Ne me rend saint, juste, heureux. Mon âme,

en paix, se repose   Sur toi, bien-aimé Sauveur,
L'auteur, la source, la cause   De mon éternel
bonheur.

77.   *Air 5.*

1. Maître débonnaire,   Qui portas mes maux !
Je suis ton salaire   Pour tous tes travaux ;
Je suis misérable,   Mais je suis à toi :   Ta grace
ineffable   A tout fait pour moi.

2. Garde en ta clémence   Mon âme à jamais,
Dans la jouissance   De ta douce paix ;   Soutiens ma faiblesse,   Guéris ma langueur,   Et
te tiens sans cesse   Bien près de mon cœur.

78.   *Air 11.*

1. Le Seigneur est ma part,   mon salut, mon
breuvage ;   Il a fixé mon lot dans un bel héritage.   Ma langue éveille-toi ! réjouis-toi, mon
cœur !   Entonne un chant d'amour, Jésus est
ton Sauveur !

2. Rebelle, je vivais au milieu des rebelles ;
Mais Jésus-Christ m'a vu parmi les infideles ;

Il a quitté les cieux pour sauver le pécheur ;
Mon âme, égaie-toi ! Jésus est ton Sauveur !

3.   Qu'il est bon de t'avoir, Jésus ! pour sacrifice,   Pour Berger, pour Ami, pour Soleil,
pour justice !   Quelle est douce la paix dont tu
remplis le cœur !   Mon âme , égaie-toi ! Jésus
est ton Sauveur !

79. *Air* 22.

1.   Seigneur, ta grâce illimitée,   Si pure et
si douce pour moi,   Fait que mon âme est trans-
portée,   Chaque fois que je pense à toi.

2.   Pourtant en moi quelle inconstance,   Ne
vois-tu pas, ô Jésus-Christ !   Les jeux variés de
l'enfance   Sont moins changeants que mon es -
prit.

3.   Mais ton amour, toujours le même,   Sol-
licite mon faible cœur   A jouir de l'éclat suprê -
me   De ses doux rayons de bonheur !

4.   Oh ! si mes yeux pouvaient sans cesse

Suivre cet astre glorieux ! Si je pouvais de ta tendresse Voir tous les reflets radieux !

5. Mon âme alors pleine de zèle, Saurait t'aimer plus ardemment, Et connaissant mieux son modèle, Prendrait tout son accroissement.

6. Mais si quelquefois un nuage Vient me dérober ta beauté, Ami divin, après l'orage Comme avant, brille ta clarté !

7. De toi que rien ne me sépare, O mon Sauveur ! enseigne-moi, Si de nouveau mon pied s'égare, A revenir bientôt à toi.

8. De ta paix, de ta bienveillance, Fais-moi savourer tout le prix ; Couronne alors mon espérance, Et m'établis en tes parvis.

80. *Air 34.*

1. C'est du Père des lumières Que descend tout don parfait ; Il répond à mes prières, A bénir il se complaît.

2. Père des miséricordes, Tu me soutiens

chaque jour ; Par ta grâce tu m'accordes   De
comprendre ton amour.

3.   Oh ! quel amour ineffable   Je trouve, ô
Dieu ! dans ton cœur !   Oh ! quel amour insondable !   Quel trésor pour le pécheur !

4.   Ah ! dans ta sainte demeure   Je puis
m'approcher de toi ;   Que je vive ou que je
meure,   Ton ciel est ouvert pour moi.

5.   Gloire à toi, mon Dieu, mon père,   Toi
qui m'aimas le premier,   A ton cœur mon âme
est chère ;   Qu'à toi je sois tout entier.

81. *Air* 9.

1.   Longtemps j'ai voyagé dans la terre infi-
dèle ;   Avec les fils d'Adam j'ai bu l'iniquité.
Mais mon Dieu m'a sorti de l'impure cité,
Comme on tire un captif de sa prison cruelle (*bis*).

2.   Vers la croix de ton Fils ta clémence infinie,
O Dieu ! tourna mes pas : ton pardon fut à moi.
Sur le chemin nouveau je marchai par la foi,
Comme Israël jadis vers sa Sion chérie (*bis*).

3. Fortuné voyageur ! l'Esprit-Saint est mon guide ;   Jésus à mes côtés invisible descend :
Au combat de la foi son secours me défend,
Comme un sûr bouclier, contre le trait perfide (*bis*).

4. Accélère mes pas, mon Sauveur ! sous ton ombre.   Au milieu des méchants, plein de ta charité,   Je pourrai de la foi répandre la clarté,   Comme un flambeau brillant au sein de la nuit sombre (*bis*).

5. Oui, toujours, ô Jésus ! sur mon pélerinage,   Tu sèmeras la paix : ta main me soutiendra ;   Et ta grâce d'en haut sur mon cœur reluira,   Comme un rayon du jour qui traverse l'ombrage (*bis*).

82. *Air* 41.

1. Qu'éprouverai-je un jour   en entrant, plein d'amour,   Dans ma patrie ?   Déjà l'aspect lointain   De ce séjour divin   Me vivifie.

2. Bientôt l'Époux viendra   Et mon œil le

verra : Douce espérance !   Vers lui je monterai
Et de sa gloire aurai   La jouissance.

3.   Alors nous porterons   Pour jamais, sur
nos fronts,   De Dieu l'image.   Il se contemple-
ra   Et se réjouira   Dans son ouvrage.

4.   Oh ! quels joyeux accords,   Quels célestes transports   En sa présence !   Quel hymne
éclatera   Quand au Ciel on verra   Sa grâce
immense !

5.   Sainte félicité !   Heureuse éternité !
Gloire infinie ! Oh ! viens bientôt, Jesus !   Retirer tes élus   Dans leur patrie.

83. *Air 42.*

1. C'est le Ciel, ma belle patrie,   Qui seul
peut combler mes désirs.   Le monde, ses biens,
ses plaisirs,   N'ont plus rien qui me fasse envie.
Dieu d'amour ! *(bis)*   De ton repos sacré *quand
luira le beau jour (bis)* !

2.   Là, point de maux, car la souffrance   Est

le partage d'ici-bas.   La vie est le temps des combats,   La gloire en est la récompense. Dieu d'amour ! etc.

3.   Hélas! malgré ma vigilance,   Ici que d'infidélité !   Mais dans l'éternelle cité   On aime et jamais l'on n'offense.   Dieu d'amour! etc.

4. Sauveur que j'adore et que j'aime,   Là, tu feras tout mon bonheur :   Là, tu rempliras tout mon cœur   De ta félicité suprême.   Dieu d'amour! etc.

5.   Viens finir, Jésus, mes alarmes ;   Transforme bientôt ce corps vil.   Ce monde est un séjour d'exil,   Puisqu'on y verse tant de larmes. Dieu d'amour ! etc.

6.   Mais tes promesses sont fidèles ;   Dans peu, Jésus, tu paraîtras,   Et j'irai jouir dans tes bras   De tes délices éternelles.   Dieu d'amour ! etc.

84. *Air* 32.

1. Dans le désert où je poursuis ma route

Vers le pays que je dois habiter,   Que nul ennui, nul travail ne me coûte ;   Car c'est des
cieux que je dois hériter.

2. Mon Rédempteur, ô Guide en qui j'espère,
Protège-moi contre le faix du jour.   Pendant la
nuit que ta clarté m'éclaire ,   Et garde-moi
sans cesse en ton amour.

3. Chaque matin, ta bonté paternelle   Ré-
pand d'en haut mon pain quotidien ;   Et quand,
le soir, je m'endors sous ton aile,   C'est toi qui
prends souci du lendemain.

4. O mon Rocher ! que les eaux de ta grâce
Sortent de toi pour me désaltérer ;   De ton Esprit que la sainte efficace   Garde mon cœur de
jamais murmurer.

5. Bientôt, pour moi, le terme du voyage
Amènera le moment du repos ;   Et du Seigneur,
l'assuré témoignage   Me gardera contre les
grandes eaux.

85. *Air* 14.

1. Seigneur ! tu diriges mes pas   Vers le ciel, ma patrie ;   Mon Dieu ! tu ne me laisses pas, Dans ta grâce infinie ;   Et pour toi, d'une sainte ardeur,   Tu me remplis, ô mon Sauveur,   Mon trésor et ma vie !

2. Tu sais bien que souvent ma foi   Est faible et languissante ;   Mais, ô mon Jésus ! c'est en toi,   En ta vertu puissante,   Qu'est mon asile et mon recours ;   Et tu me fais sentir toujours Ta faveur éclatante.

3. Jusqu'au jour où je te verrai   Dans l'éternelle gloire,   Où dans ton sein j'exalterai   Ta mort expiatoire.   Tu seras ma part et mon fort, Mon gain dans la vie et la mort,   Ma joie et ma victoire.

86. *Air* 43.

1. Quelle grâce, ô mon Dieu ! d'avoir Jésus pour frère !   Et d'être à son festin par lui-même

invité.   A tes pieds, mon Sauveur, je place ma misère :   Mon seul droit c'est ta charité (*bis*).

2. Du Dieu qui nous créa, consolante assu- rance,   Lui-même s'est chargé de toutes nos langueurs ;   Pour prix de tant d'amour et de tant de souffrance,   Il ne demande que nos cœurs (*bis*).

3. Je viens donc, revêtu de ta sainte justice, Recevoir de ta main les symboles touchants, Qui retracent ici ton sanglant sacrifice,   Au souvenir de tes enfants (*bis*).

4. Toi qui m'as tant aimé, qui lavas ma souil- lure,   Qui, dans mon cœur troublé, fis descendre la paix,   O Jésus, pain du Ciel ! sois seul ma nourriture,   Et qu'en toi je vive à jamais (*bis*) !

5. Oui, Seigneur ! en toi seul je veux puiser ma vie ;   J'ai vécu trop longtemps du monde et du péché ;   Ta grâce à ton enfant ouvrit ta ber- gerie,   Ah ! dans ton sein tiens-le caché (*bis*).

87. *Air 44.*

1. Jésus, Agneau de Dieu ! du sang de l'alliance, Répandu sur la croix pour de pauvres pécheurs, Jusqu'à la fin des temps durera la puissance, Et tous les rachetés seront plus que vainqueurs.

2. Le brigand converti trouva dans ce refuge Une pleine espérance à ses derniers moments ; Coupable comme lui , tremblant devant mon juge, C'est là que j'ai cherché la fin de mes tourments.

3. Misérable pécheur, j'ai la ferme assurance D'un salut gratuit, à grand prix acheté ; L'Évangile au captif promet la délivrance ; Au malade, au mourant il promet la santé.

4. Dans la Sainte Cité, par mon Dieu préparée, Je chanterai l'amour et le nom glorieux Du Berger qui chercha sa brebis égarée, Et la prit dans ses bras, pour la porter au cieux.

RÉPERTOIRE ALPHABÉTIQUE.